Victoria

ALBERTO R. TORICES

Victoria

TREA | 2025

Primera edición: junio de 2025

© Alberto R. Torices, 2025

Ilustración de cubierta: © Joaquín Olmo, 2025

© de esta edición:
Ediciones Trea, S. L.
María González la Pondala, 98, nave D
33393 Somonte-Cenero. Gijón (Asturias)
Tel.: 985 303 801. Fax: 985 303 712
trea@trea.es
www.trea.es

Dirección editorial: Álvaro Díaz Huici
Producción: Patricia Laxague Jordán

Depósito legal: AS 00340-2025
ISBN: 979-13-87790-19-6

Impreso en España – *Printed in Spain*

A Álvaro Díaz Huici,
con mi afecto y mi gratitud.

Uno

Al primero lo vio sobre la mesa de la cocina, bastante cerca y aproximándose, con el aire errático y curioso del turista que se dispone a conocer las maravillas del lugar al que acaba de llegar. Inspiraba casi ternura, casi empatía.

Era enero, la primera hora de una mañana de domingo fría y radiante, promesa de una plácida jornada de holgazanería. Lucía un sol que parecía recién desprecintado, el nuevo siglo echaba a andar como un niño incauto y confiado, y los hombres se entregaban a los buenos deseos y a la ilusión de inocencia con que se cierra un ciclo y se inicia otro.

En esas coordenadas, tras volver de la calle con el pan y la prensa aún calientes, nuestro héroe ojeaba titulares y daba cuenta de un estimulante desayuno, conforme al ritual de sus fines de semana. Se llamaba Simón Cuádrigas y leía un periódico progresista pero serio, incluía en su dieta mucha fibra y mucha fruta, y se protegía del áspero mundo con una gruesa muralla de rutinas a la que año tras año iba añadiendo nuevas capas, nuevas manías. Algunas complicaban un poco su vida aunque para él fuesen por completo razonables, como su visceral oposición a las marcas blancas o su necesidad de lavarse cuanto antes si alguien le estrechaba la mano, cosa que hacía lo posible por evitar. Otras eran más amables y hasta románticas, como el hecho de que todos los días apagase la luz de su mesita a las doce en punto de la noche, ni un minuto más. Debía tener, en efecto, un motivo realmente poderoso para permanecer despierto más allá de la medianoche: que se le hubieran acabado los sobrecitos de tisana, por ejemplo, o que pasaran *Confidencias*, de Visconti, en televisión, cosas así. Como además nunca se permitía más de ocho horas de descanso, en sus días libres disponía de largas mañanas para entregarse a sus particulares y muy discretos placeres, entre los que le era especialmente querido este de sentarse a la mesa de su blanca cocina para desayunar en silencio y soledad mientras espigaba los contenidos del dominical.

Noche tras noche, por otra parte, el sueño de Simón se ajustaba a dos pautas respetadas como mandamientos: la continuidad y el hermetismo; es decir, que nunca despertaba en mitad de la noche ni recordaba nada de lo soñado, si es que algo soñaba Simón. Aquel domingo, sin embargo, de la manera más extraña y preocupante, había despertado en varias ocasiones siendo aún noche profunda, y en todas se vio asaltado por escenas oníricas que, además de resultarle aberrantes, le ofrecían una inmotivada sensación de culpa como hilo del que tirar. Inasequible a las tentaciones de lo irracional, Simón se había dado la vuelta para volver a quedarse dormido al poco rato. Con todo, a las ocho de la mañana, cuando sonó el despertador, sus párpados ya llevaban largo rato abiertos y sus pupilas permanecían fijas en el techo en penumbra del cuarto, como si contemplara fenómenos asombrosos. Simón agradeció un pitido que le pareció el anuncio de su liberación y se encaminó a la ducha meneando la cabeza.

Poco después, como queda apuntado, un visitante inesperado, nada menos que un escarabajo diminuto, surcaba la blanca llanura de la mesa de su cocina, pasando al lado de la cafetera como pasaría el propio Simón al lado del Empire State Building. Valeroso o ciego, el insecto deambulaba entre el vaso con zumo de naranja y el tarro de la mermelada cuando se topó con el mazo de páginas aún por leer del diario; allí se detuvo unos segundos, como si tanteara alternativas, y enseguida comenzó a trepar. Simón posó la taza de café con leche y observó a la pequeña criatura no sin experimentar un brote de humanísima piedad;

qué extraño e inhóspito debía parecerle el mundo de los humanos, lleno de formas frías y resbaladizas, de ruidos metálicos y objetos incomestibles como aquel periódico. Ajeno a la mirada superior de Simón y como llevado por la curiosidad, el escarabajo atravesó una columna de opinión y el pie de una fotografía. Al verlo cada vez más cerca, Simón se dijo que hasta la piedad ha de tener sus límites y que tampoco era cuestión de permitirle demasiadas confianzas al bicho, y empezó a barajar maneras de deshacerse de él, o de *ello*; insignificante o no, lo cierto era que estaba alterando la grata —y muy higiénica— rutina de su desayuno dominical.

Podría haberlo tirado sin más al cubo de la basura, concretamente al compartimento de los desechos «orgánicos»; pudo también dejarlo caer sobre el desagüe del fregadero, para soltar después un chorro de agua que lo arrastrara a la sórdida oscuridad del laberinto suburbano. Pero algo hizo que Simón se sintiera espléndido aquella mañana: lo devolvería al mundo exterior, a una calle sin árboles ni jardines donde no era menos cierto que, de sobrevivir a la caída, debería apañárselas como pudiera. Decidido y magnánimo, Simón arrancó la esquina de la hoja del periódico sobre la que el escarabajo se acababa de detener, y la alzó a modo de plataforma. El insecto hizo un confuso intento de escapada, avanzó y retrocedió en cortos itinerarios sobre el triángulo de papel, y finalmente optó por permanecer inmóvil, confiando tal vez su supervivencia a la posibilidad de mimetizarse con el entorno. En pie, con el brazo extendido del lado exterior de la ventana y sujetando el trozo de periódico en posición vertical, Simón comprobó que el animal no resbalaba y frunció el ceño. Tampoco se desprendía de la rugosa superficie al agitarla sobre el vacío y sintió la decepción y el fastidio del buen anfitrión al comprobar cómo su invitado abusa de la hospitalidad que se le brinda. Su garganta empezaba a enfriarse, además, y Simón decidió poner fin al lamentable episodio. Estrujó el papel entre sus dedos y creyó oír el crujido del minúsculo caparazón. Él se lo había buscado. Iba a tirar la bolita a la calle sin más contemplaciones cuando reparó en una mujer a la que no había visto hasta entonces: asomada a la terraza del tercero, en el bloque de enfrente, y en traje de faena dominical —camisón y bata doméstica, rulos, cara lavada—, se disponía a sacudir una alfombra, al parecer. También ella había reparado en Simón y tal vez se sintió por igual sorprendida en falta, pero solo él sonrió, cortés y avergonzado. Los restos del escarabajo, amortajados en papel prensa, estrenaron esa mañana la inmaculada bolsa gris de la basura, y Simón Cuádrigas se sentó de nuevo ante su desayuno ya tibio y su maltrecho periódico.

La esquina arrancada impedía la lectura cabal de un artículo que, aún amputado, atraía su atención: algo sobre la moderna pinacoteca que se proyectaba construir en la ciudad. Simón reprimió el impulso de recuperar el resto de la noticia del cubo de la basura, ya había hecho bastante el ridículo. Pasó la página y terminó de desayunar sin nuevos contratiempos. Y habría olvidado la aparición del escarabajo en el transcurso de una mañana que pensaba dedicar a oír música, a proseguir la lectura de una gruesa —y algo aburrida— novela, a poner en orden los papeles acumulados sobre su escritorio y ver un programa de televisión dedicado a los estrenos cinematográficos, de no ser porque, lógicamente, después del primero, hubo un segundo escarabajo.

Dos

Idéntico al primero, pero otro al fin y al cabo. Marronáceo y del tamaño de una pepita de uva, de caparazón ovalado y prominente, cabeza picuda coronada por dos inquietas antenitas y patas finísimas pero muy robustas a juzgar por el desproporcionado tórax que transportaban.

Eran las doce del mediodía del mismo domingo cuando Simón cerró un grueso tomo en edición rústica, después de echar cuentas y comprobar que el número de páginas leídas suponía apenas una décima parte de las que le quedaban por leer. A media mañana, también en los días laborables, Simón tomaba el segundo de sus tres cafés con leche diarios. Entró con esa intención en la cocina de su apartamento y lo vio trepando por el calendario de pared, entre los últimos días de enero. Esta vez no se sintió complacido, y mucho menos piadoso. Lo asaltó una corriente de preocupación y quiso mitigarla pensando que, milagrosamente, el escarabajo del desayuno habría sobrevivido y conseguido zafarse de su sudario de papel. Simón se precipitó al cubo de la basura para comprobarlo. El insecto, sin embargo, había muerto y sus restos formaban un amasijo informe sobre una pequeña mancha aceitosa. Simón no dudó. El segundo escarabajo recorría el tiempo hacia atrás, saltando de semana en semana y ya iba por los primeros días del mes, como si le moviera el deseo, tan humano, de empezar de nuevo. Se dijo que se apañaría con un calendario de bolsillo y comenzó a arrancar con cuidado la hoja, seguro de cuál sería la reacción de la criatura. Pero, contrariamente a su pronóstico y cuando casi había terminado, el escarabajo cayó; no debía de tener tantas destrezas como su predecesor. Se había precipitado sobre el frutero, y ahora comenzaba a remontar la superficie de una manzana. Alarmado, Simón terminó de arrancar la malograda página del calendario y colocó su filo en el trayecto que realizaba el insecto, que, tan desfavorecido en la escala de la dotación intelectual, cayó en la trampa y fue al igual víctima por estrujamiento dentro de una bola de papel, sumando así su destino y sus restos a los de su semejante.

Simón Cuádrigas temió entonces la posibilidad de toparse con nuevos escarabajos en la pieza de su apartamento consagrada a su parca pero selecta alimentación. Y hasta barruntó la posibilidad de que una silenciosa plaga de coleópteros (nombre ya amenazante, la verdad) estuviera tomando posesión de su vivienda. Por su mente pasaron, durante unos segundos, imágenes de larvas repugnantes y hembras de olímpica capacidad reproductiva, vistas en edificantes documentales de sobremesa. Con la misma rapidez, contempló la idea de hacerse con algún producto concebido para el exterminio masivo de estas criaturas. Pero Simón Cuádrigas no era hombre dado ni a grandes temores ni a grandes esfuerzos, y se acogió a la posibilidad más tranquilizadora: dos escarabajos no forman una plaga. Así que preparó su segundo café con leche y abordó el resto de la mañana conforme sus propósitos.

A medida que se acercaba la hora de la comida, sin embargo, crecía en el vientre de Simón, junto a la llamada del hambre y muy parecido al miedo, un presentimiento inevitable: la aparición fatal, demoledora, de un tercer escarabajo. Sonó el teléfono antes de que se decidiera a entrar de nuevo en la cocina para corroborar o descartar su «hipótesis». Era Claudia, la adorable, la espléndida, la dulce y leal Claudia, su novia. Le proponía tomar unos vinos por el casco viejo de la ciudad e incluso, si le apetecía, ir a comer juntos «por ahí». A la muchacha le sorprendió que no hiciera falta rogar ni insistir, como ocurría a menudo cuando le pedía que compartiera con ella un poco de su tiempo libre. Simón aceptó encantado y hasta propuso que fueran al cine por la tarde, pues habían estrenado esa semana una película de batallas navales, género al que se había aficionado tardíamente. Diez minutos le bastaron para estar listo frente a la puerta de su casa. No entró en la cocina porque necesitaba mostrarse despreocupado ante sí mismo. Y de este modo no pudo —esto es, no quiso— saber que sobre la bolsa de hilo donde guardaba el pan, cosida y bordada por su madre, lento y confiado, fiel a sus instintos, trepaba el tercer escarabajo.

Tres

Jovial, despreocupada y bonita, de risa pronta y rocosa, espontánea y a menudo cándida en sus movimientos y expresiones, Claudia era, en efecto, lo que el tópico califica como «una chica encantadora». Morena y no muy alta, de piel rosada y formas carnosas, sedujo a Simón por el modo en que su figura y sus maneras recobraban los viejos cánones de belleza, aunando voluptuosidad e inocencia, sensualidad y candor. Por eso y por la vieja necesidad masculina de ver resumido en un rostro femenino todo el paraíso que imaginarse pueda en este mundo.

Un par de años atrás, la muchacha había dejado el pequeño pueblo donde nació y fue criada para iniciar una carrera universitaria elegida sin mucha atención. Aquellos estudios nunca llegaron a suscitar su interés ni a forjar su disciplina; ella misma admitía que, en realidad, dio el salto a la universidad con un propósito muy práctico y elemental: abandonar de una vez y para siempre las pesadas y sucias tareas del campo. Porque ella aspiraba a vivir en la ciudad; y a tener un trabajo y un sueldo, un coche y un piso propios algún día; y vestir bien, lucir siempre las manos limpias, pasear por calles llenas de luces y reclamos, hacer nuevas amistades y pasarlo bien, divertirse sin desenfreno, de acuerdo, pero también sin las limitaciones del cansancio o la autoridad paterna.

Claudia desató un amargo conflicto familiar cuando anunció en casa que dejaba la universidad. Reconocía el sacrificio que sus padres habían hecho por ella, pero estaba decidida. Guardó sus libros y se puso a buscar trabajo. Limpió casas, cuidó niños y ancianos, sirvió copas y un día leyó el anuncio de unos grandes almacenes que buscaban señoritas con «buena presencia» y «don de gentes», cualidades que ella poseía en abundancia. El gerente se sofocó nada más ver, a un palmo de la deliciosa sonrisa con que Claudia le dio los buenos días, el escote con forma de corazón de su vestido. Le dijeron que la llamarían y sí, ciertamente lo hicieron.

Allí conoció a Simón, tipo enjuto y larguirucho que vestía con mediocridad y que una tarde de otoño trataba de decidirse entre dos camisas de rayas, a cual más horrenda. Ahora bien, ¿qué llevó a una criatura dulce y risueña, luminosa, franca y extrovertida, a fijarse en un tipo solitario y maniático, taciturno, narcisista y huraño como Simón? Acaso una latente necesidad de compensación; la eterna inconsciencia, tal vez, con que se enredan hombres y mujeres en la madeja de los sentimientos. La proverbial ceguera del amor.

Desde el primer momento, a Simón le cautivó lo que a sus ojos era una mezcla irresistible de dulzura y lujuria, equilibrada e inusual combinación que emanaba de todos los rasgos y ademanes de la muchacha; desde el instante en que Simón se volvió para responder a la pregunta «¿puedo ayudarle?», deseó besar aquellos gruesos labios, aquellas aterciopeladas sienes, aquella achatada naricilla; desde el mismo minuto en que siguió a la muchacha que se dirigía con la camisa escogida —y el jersey a juego— hacia la caja registradora, se figuró sus formas exactas y el modo en que se contorsionaría bajo su peso.

La conquista requirió varias incursiones y supuso un montante total de tres camisas, dos pantalones, el citado jersey, un abrigo de invierno y un elegante *foulard*, y por fin un día Simón se atrevió a preguntar y la muchacha accedió a ser esperada en la calle cuando concluyera su jornada laboral. En aquella primera cita, Claudia se dejó invitar a un batido de chocolate bien caliente; en la segunda aceptó la tensa mano que aterrizó sobre su hombro en mitad de un casto paseo; y ya en la tercera Simón comprobó que su desnudo era mucho más voluptuoso —y su lujuria un tanto más discreta— de lo que se había figurado.

Doce meses después, Claudia y Simón seguían amándose. A su manera serena y desigual, pero se amaban; no era un amor ardiente, ni violento, ni obsesivo; no hubiera dado para escribir una de aquellas novelas tortuosas y prolijas de otros tiempos, y sin embargo se amaban. Su relación había coronado el año de historia sin mermas sustanciales ni grandes altercados. Seguían regalándose cosas, llamándose cada día o como mucho cada dos, y cumpliendo el rito semanal del amor. Ya había tenido lugar, en verdad, la propuesta tímida y tangencial por parte de Claudia de que empezaran a vivir juntos; pero, tras las excusas ofrecidas, Simón seguía considerando suficiente su nivel de su compromiso y a salvo su estilo de vida independiente.

Ahora Claudia era jefa de sección en los grandes almacenes, conducía un bonito utilitario de segunda mano, y comenzaba a amortizar un soleado pisito que sus padres le habían ayudado a financiar; también había consolidado el privilegio de escoger y renovar el vestuario de Simón, que iba transformándose a medida que lo hacía el de ella, de manera que conjuntaban a la perfección.

Aquel domingo, sin embargo, nada más verle entrar en el bar donde se habían citado, Claudia arrugó la nariz y le echó en cara que se hubiera puesto aquel jersey tan pasado de moda y que no trajera la bufanda burdeos que ella le había regalado; con lo bien que combinaba con su nuevo bolso.

Después de besarle y propinarle una amoro-
so cachete en el trasero, y viendo que Simón se
rascaba primero un brazo y luego el cuello, Claudia le preguntó si le picaba algo, a lo que Simón
respondió ofendido: qué tontería, qué le iba a
picar.

Tapearon y bebieron sus vinos preferidos, y
en el último bar pidieron un par de raciones, café
y licor de hierbas. Ya un tanto ebrios, más Simón que Claudia, él propuso que pasaran la tarde
viendo una película pero de otra manera: en el
piso de ella, comiendo palomitas frente al televisor, tumbados en el cómodo sofá esquinero del
salón.

En el videoclub escogió ella entre las tres películas que él preseleccionó. Y ya en el piso de
Claudia, mientras ella se ponía algo más cómodo,
Simón dispuso las palomitas y otras chucherías,
así como vasos, hielo y sus licores favoritos. In-
advertida, la luz de la tarde se fue apagando y tu-
vieron que rebobinar buena parte de la película,
más o menos desde el momento en que Simón
deslizó una mano bajo la camiseta de Claudia y
Claudia tanteó hasta acertar con la cremallera de
los pantalones de Simón. Llegaron a los títulos
de crédito abrazados bajo una manta, toda la ropa
a los pies del sofá, y permanecieron un buen rato
frente a la pantalla oscura, degustando el placer
del primer sueño entre caricias.

Aún abrazados, Claudia, con las mejillas sonrosadas y los ojos cargados de ternura, le pidió que esa noche se quedara a dormir con ella. Allí tenía ropa de sobra que ponerse a la mañana siguiente, y además, ya lo sabía, desde su piso llegaba antes al trabajo. Pero Simón no veía en las pocas noches que pasaban juntos más que el engañoso preámbulo del posterior paso a la convivencia bajo el mismo techo, y se escudó en la necesidad de ciertos papeles que tenía en casa y que al día siguiente debía llevar a la oficina sin falta. Él, que hacía girar las esferas de su jornada laboral y su vida privada en órbitas que jamás se cruzaban. Ella insistió, se negó a quitársele de encima y, jugando a pelearse, la manta cayó y él tuvo que sacarse de encima, valiéndose de su fuerza ya que no de sus argumentos, el cálido peso del cuerpo que, pese a todo, tanto amaba.

Mientras le veía vestirse, Claudia encendió un cigarrillo y cada poco soltaba unas risitas que Simón fingía ignorar. Una vez vestido, y reprimiendo el deseo de morder el seno venoso y rosáceo que Claudia le dejaba a la vista, hizo la pregunta:

—¿Se puede saber de qué te ríes?

Con toda la naturalidad del mundo, inconsciente de la aprensión que suscitaba y sin estropear una bonita sonrisa de ironía, Claudia contestó:

—¿Y se puede saber por qué no paras de rascarte? Parece como si te anduvieran bichos por todo el cuerpo.

Cuatro

Poco le faltaba a Simón para empezar a cobrar su tercer trienio como funcionario de la Seguridad Social, nivel C. Un empleo del que, obviamente, no se enorgullecía, y que nada le aportaba excepto una nómina modesta pero suficiente y, lo que valoraba por encima de todo, mucho tiempo libre. La única mejora de su posición, en todo ese tiempo dedicado al servicio del Estado, había consistido en dejar de trabajar de cara al público. Y tampoco aspiraba a mucho más.

Sí que había aspirado a mucho más, como le pasa a casi todo el mundo, durante los años de su larga y más bien tardía adolescencia. Sincero amante de las artes y las letras (por tal se tenía, al menos), se creyó, en aquellos años, igualmente dotado para ejercerlas y, en medio de un infructuoso periplo universitario, comenzó a invertir sus horas en aprender solfeo y piano, se apuntó a un taller de pintura, y empezó a comprar revistas literarias y a escribir cuentecillos y poemas. Tal vez hubiera destacado en alguna de estas disciplinas de haber concentrado un poco sus esfuerzos, pero él creyó que no. Decepcionado por sus escasos progresos, juzgó que mejor sería rectificar a tiempo y evitar que su vida se convirtiera en una inútil batalla contra sus limitaciones. Si no había en él un artista, un creador, que se salvara al menos el admirador del arte de los otros, por más que lo hiciera marcado por el estigma secreto de la envidia y con la saludable «distancia crítica» que establecen el despecho y la frustración.

De este modo, sus aspiraciones fueron perdiendo altura hasta quedar satisfechas por un empleo y un sueldo modestos y, eso sí, el tiempo libre de un privilegiado en momentos de clara involución en materia de condiciones laborales. Simón guardó en una misma caja sus partituras, sus dibujos y sus versos, y se matriculó en una academia para opositores. Nueve meses más tarde, curiosamente el mismo día en que cumplía veinticinco años, tomaba posesión de su plaza de funcionario con el aliciente de hacerlo no en la ciudad pequeña y sin gracia que le vio nacer, sino en otra más grande y luminosa, a sólo dos horas en autobús y mejor dotada para satisfacer su deseo de arte, de cultura y de belleza. Poco tiempo después de convertirse en empleado público, Simón había renovado por completo su imagen, cambiado de pluma y de reloj, visitado el primer prostíbulo de su vida e hipotecado treinta años de su futuro en la compra de un apartamento algo oscuro y no muy grande pero bien situado. Todo ello vino a ser algo así como la certificación de su plena condición de hombre adulto, autosuficiente y «libre».

Desde entonces, el tiempo voraz había transcurrido sin sobresaltos, convenientemente encauzado por sus rutinas. Después de trabajar, sin pasión pero con eficacia, comía viendo en la televisión un programa de sobremesa. Luego hacía una pequeña siesta de sofá. Y para ocupar el resto de la tarde siempre había alguna exposición que visitar, algún ciclo nuevo en la filmoteca, algún estreno teatral o concierto que encajase dentro de sus intereses. Sólo a veces, en días extraños con súbitos cambios de clima, digestiones problemáticas o más silencio del habitual, era presa de un aburrimiento sin remedio, un desasosegante no saber qué hacer. En esos momentos, le parecía oír como un rumor de fondo, un mar nocturno batiendo a lo lejos, y alguna vez Simón, echando mano de un imaginario poético convencional pero bien surtido, se preguntaba si lo que oía no sería la pregunta por el sentido de su vida, su fracaso existencial creciendo como las mareas, lamiendo ya las puertas de su casa, el suelo que pisaba y hasta sus propios pies. Pero esos días pasaban, la marea descendía nuevamente y Simón volvía a pasear sobre la playa limpia y soleada de su inofensiva existencia.

Durante las mañanas, por lo demás, se hallaba confortablemente arrinconado en una de las plantas superiores de un edificio viejo y alto. Su cometido consistía en revisar la documentación que los contribuyentes presentaban en demanda de subsidios o pensiones. Tenía fama, entre sus compañeros, de bicho raro y fino detector del fraude, y pesaba sobre él una jugosa sospecha de homosexualidad que él nunca se molestó en desmentir, no solo porque en el fondo le halagara sentirse dotado de un aura de misterio, sino porque Simón establecía, como queda dicho, entre su trabajo y su vida privada una frontera inviolable.

Así pues, era más que improbable que en su casa hubiera papeles que pudiera necesitar en el trabajo, como le había dicho a Claudia.

De vuelta a su casa, aquel domingo de augurios, Simón caminaba sintiendo una placentera y superficial nostalgia del cuerpo de Claudia, dispuesto a sellar su estómago con una fruta y un yogur, y a devolver a la estantería la gruesa novela que le aburría, para sustituirla por otra más ligera de entre las muchas que acumulaba en la habitación de su apartamento que había acondicionado como despachito. Pero, más que ninguna otra cosa, regresaba decidido a olvidarse de cualquier presencia indeseada en su hogar y en su vida, esto es, a olvidarse de los dichosos escarabajos.

Se dirigió a la cocina nada más cruzar el umbral, y encendió la luz con un falso entusiasmo que no era sino la necesidad de ver materializado su deseo en unas superficies blancas y brillantes, sin mácula alguna y menos viva. Estuvo, sin embargo, a punto de gritar ante el panorama que se le ofreció. Y hubiera sido este un grito no de asco, sino de pura cólera. No se trataba de un tercer escarabajo, como su peor pronóstico le hacía temer: dos, tres, cuatro y hasta cinco, nada menos que cinco osados y repelentes coleópteros avanzaban en formación hacia sus pies, en el momento en que abrió la puerta. Con su escaso dominio de la jerga militar (había sido objetor de conciencia), habría calificado a aquella simple escuadrilla como un batallón al completo. Frustrado, furioso, vejado en su intimidad (¡aquella era *su* casa, suya y de nadie más!), Simón dio prueba en esta ocasión de la aplastante superioridad de su fuerza bruta: alzó una de sus flamantes botas, estrenadas ese mismo invierno, y descargó una serie de contundentes y estrepitosos zapatazos sobre la avanzadilla. Tras la primera descarga comprobó dos bajas, un herido grave, otro leve y un arrojado superviviente que iniciaba una desesperada e inútil huida. Esta vez Simón colocó sin asomo de piedad el talón de su bota sobre el caparazón del escarabajo ileso y presionó lenta, casi delicadamente, cobrándose como prueba de su victoria el diáfano crujido de los élitros. Luego remató a los heridos y recogió los restos de la matanza con papel higiénico, que arrojó al inodoro.

Simón renunció esa noche al yogur y la fruta en favor de un simple vaso de agua que tomó en el baño. Y, para rematar el día, comprobó que la novelita escogida como nueva lectura tampoco le gustaba. Se durmió recordando el aroma de la piel de Claudia, y su textura, su sabor, necesitado de algo hermoso a lo que aferrarse antes de dormir, algo que no pudiera decepcionarle… Y no llegó a saber que las carcajadas de su novia, que oía a punto de echarse a llorar, formaban ya parte de un sueño que, afortunadamente, no recordaría al despertar.

Cinco

El café con leche a media mañana lo tomó, el lunes siguiente, en apenas cinco minutos, pues el resto de su media hora de descanso reglamentaria lo dedicó a dar con una tienda donde vendieran algún producto apropiado para el exterminio de escarabajos domésticos.

Tras probar sin éxito en dos floristerías, una ferretería y un supermercado, creyó que podría encontrar ayuda en una vieja droguería. El dependiente era un hombre flaco y encorvado, tenía el pelo hirsuto y apretado como un cepillo viejo, y vestía una bata que en su día debió de ser azul. Simón quiso ver en su rostro una malévola sabiduría capaz de acabar con todos los escarabajos del planeta, aunque también le pareció toparse con cierta renuencia a emplear una pizca de tanto saber en el exterminio de los únicos que a él le importaban. Expuso atropelladamente su problema y esperó, casi rezando. El hombre de la bata, mirándole por encima de sus gafas, compuso una expresión que lo mismo podía ser de duda que de falta de interés, y solicitó información adicional sobre el tipo del insecto en cuestión.

—¿Escarabajos…?

—Escarabajos, sí señor.

—Sí, pero…

Simón recurrió al símil de la pepita de uva, a sus mismos tamaño, forma y color, datos que solo parecieron confundir más al dependiente.

—Como una pepita de uva… —repitió el hombre entrecerrando un solo ojo, escrutando a Simón—. Jamás había oído nada parecido.

—Pues tiene usted suerte, créame. ¿Puede ofrecerme algo?

—Probablemente sí… —respondió el dependiente con gravedad—. Pero sería mejor que me trajera usted un ejemplar, vivo a ser posible. Así sabría con seguridad cuál es el veneno que le conviene.

La palabra «veneno» sorprendió a Simón, tal vez porque sugería un remedio demasiado elegante y sutil cuando lo que él había previsto, lo que esperaba y temía, era la aplicación de medidas mucho más contundentes, catastróficas incluso. También «ejemplar» le pareció un término inapropiado en aquel contexto, un uso desafortunado de una palabra hasta entonces limpia y neutra, que en ese momento se veía contaminada acaso irreparablemente y quizá inservible ya para otros usos más amables y adecuados. Acordaron que al día siguiente Simón aportaría un espécimen —mucho mejor— de aquella rara variedad de insectos, vivo si era capaz de resistir en un medio herméticamente cerrado. Pero antes de irse,

Simón pidió algo, veneno o lo que fuera, para ayudarse a sobrellevar las veinticuatro horas que tenía por delante. Sin mucho convencimiento, el hombre le vendió un insecticida polivalente, en envase pulverizador, apto según anunciaba la etiqueta para eliminar distintas clases de insectos, coleópteros incluidos.

A lo largo del segundo día de su cruzada, Simón perdió la cuenta de los escarabajos que destripó, a alguno de los cuales sorprendió trepando por las cortinas. Las instrucciones del insecticida recomendaban «aplicar el chorro directamente sobre el nido de la colonia», pero nada decían sobre el modo de dar con él. Y había tantos lugares —ahora se daba cuenta—, tantos rincones, rendijas y oquedades en su cocina donde podría ocultarse... Además, quien redactó aquellas recomendaciones daba por supuesta la existencia de un nido, ¡y hasta de una colonia, nada menos! Para empezar, habría que demostrar que en su casa hubiera podido asentarse algo tan monstruoso como una colonia de escarabajos; en *su* casa, que nunca había albergado, ni lo haría jamás, la más triste mascota. Ofendido, Simón percibió una molesta alusión a sus hábitos higiénicos, ya que las instrucciones aludían a espacios donde se hubiese acumulado la suciedad. Pues bien, él no era lo que se dice un maniático de la limpieza, pero tampoco un marrano. Barría y fregaba con frecuencia, utilizando lejía y detergente, limpiaba el polvo de los muebles una vez por semana y, periódicamente (aunque no recordaba con exactitud cuándo fue la última vez), limpiaba a fondo los cajones y estantes de la cocina. ¿Es que no bastaba con eso? ¿Acaso debía pasarse todo el santo día limpiando?

Excluyendo, por precaución, los lugares donde guardaba alimentos o utensilios de cocina —las instrucciones advertían con claridad: «producto altamente tóxico»—, Simón aplicó el difusor por el contorno de los marcos de la puerta y la ventana, donde vio sospechosas rendijas, así como en la parte inferior y los laterales del mueble empotrado de la cocina; también soltó un buen chorro en el interior de la campana extractora. El resultado fue una peste que le obligó a comer fuera de casa, en un restaurante próximo al que hasta entonces sólo había ido de vez en cuando a tomar café y consultar la agenda cultural de la ciudad. E hizo también esta vez ambas cosas, tras dar cuenta de un menú del día excesivamente salado y algo escaso. No estaba para museos, tampoco para dramas ni alardes de alta cultura, de manera que buscó la cartelera y escogió una comedia ligera firmada por un director inofensivo y nacional, de esos que facturan películas gratas y prescindibles en las que siempre desnudan a la guapa protagonista. Un paseo por el centro de la ciudad, la compra de un par de discos y una novela de bolsillo, y la citada película consumieron amablemente la tarde y, de vuelta a casa, antes de decidir si los dos o tres segundos de desnudo parcial que había visto justificaban el metraje completo y el precio de la entrada (y tal vez sí), Simón comprobó la eficacia del insecticida.

Tres efectivos habían caído, pero seis más deambulaban sobre las baldosas del suelo; adormilados y torpes, como si se hallaran bajo los efectos de algún estupefaciente.

Seis

—Los mata, pero no a todos.

—Me lo figuraba. ¿Ha traído un *ejemplar*? ¿Vivo?

Simón hizo su segunda entrada en la droguería con el aplomo y la dignidad de quien regresa del campo de batalla. Ante el requerimiento del dependiente, compuso la orgullosa expresión del veterano de guerra, el viejo soldado que sabe bien lo que es el horror y se enfrenta ahora a civiles presuntuosos e ignorantes. Lento, parsimonioso, sacó del abultado bolsillo de su chaqueta lo que, al fin y al cabo, cabía esperar: un tarro de cristal que colocó a la altura de los ojos del vendedor. Luego lo dejó sobre el mostrador provocando un estrépito innecesario. En el tarro había no un escarabajo, sino media docena, cuatro de ellos vivos. Sin dejarse impresionar, el dependiente tomó el frasco y lo colocó de nuevo ante sus ojos.

—Debió expresarse con mayor precisión.

—Ya.

—No veo que se parezcan en nada a pepitas de uva. Y yo soy de tierra de vinos, he comido unas cuantas.

—Pues yo dudo que vuelva a probarlas en mi vida.

—De todas formas, se trata de una especie...
rara. Infrecuente, para que usted me entienda.

Simón respiró hondo y expulsó el aire despacio, ofreciendo claras muestras de su hartazgo
y poniendo ya en cuestión la profesionalidad del
vendedor.

—¿Puede ofrecerme algo mejor?

—Seguro que sí. Pero le recuerdo que esto es
una droguería, no un establecimiento especializado.

Simón pagó un precio que consideró insultante por un bote minúsculo y al parecer de gran
efectividad en la lucha contra determinados tipos
de escarabajos. Estaba ya abriendo la puerta de la
tienda, decidido a no volver jamás por allí, cuando el dependiente le reclamó.

—Disculpe, caballero. Se olvida usted *eso*.

Desde la caja registradora, el hombre de la
bata desleída apuntaba al tarro de los escarabajos.
Simón se imaginó vaciando su insano contenido
a las puertas del establecimiento, pero salió de allí
y buscó una papelera donde deshacerse de él, esforzándose por comportarse como un ciudadano
responsable, paciente con las taras de sus congéneres y con las molestias a las que obliga la vida
en sociedad.

Tres gotas. Tres irrisorias gotas de aquel brebaje era lo que debía añadir a medio litro de agua
para proceder luego a rociar la zona afectada,

antes de lo cual, advertían las correspondientes instrucciones, debía desalojar todo objeto que pudiera ser llevado a la boca o tener contacto con los alimentos. A Simón esta perspectiva le resultó en extremo enojosa. Tendría que sacar de la cocina no sólo la comida, también la cubertería, las cazuelas, vasos y platos; y servilletas, abrelatas, sacacorchos: todo. Sacar, en suma, la cocina de la propia cocina. ¿Dónde se pensaban que iba a meterlo? ¿Acaso vivía él en una mansión? ¿Le había permitido su sueldo aspirar a algo más que a un apartamento de cincuenta y tres metros cuadrados? Apelando a su sentido común, Simón se dijo que no se matan moscas a cañonazos, algún método debía haber menos laborioso e igualmente eficaz. Desde luego, nunca acabaría con los escarabajos uno a uno si, como cabía suponer, estaban dotados de capacidad reproductiva. Y si se reproducían, tal como acertaban a insinuar las instrucciones del insecticida genérico, en algún lugar debían anidar y criar sus inconcebibles camadas. Y si anidaban, seguramente lo harían en lugares al amparo de sus naturales predadores, e incluso de enemigos circunstanciales y muy superiores en inteligencia y tecnología como el *Homo sapiens*. Pues bien, Simón Cuádrigas haría uso de su superioridad física e intelectual y encontraría ese nido, lo aniquilaría y reanudaría el curso de su vida, la vida grata y sin sobresaltos que había alcanzado y se merecía, y que ninguna criatura de otra especie tenía derecho a perturbar.

De nuevo en su apartamento, aquel martes, puso manos a la obra. Para empezar, y como si aquello empezara a convertirse en una nueva rutina, aplastó con la misma bayeta (invalidada para cualquier otro uso) los escarabajos que localizó a simple vista. La mayor parte de ellos se dispersaba por el suelo, pero alguno halló también en las esquinas de las paredes, tres más en los repliegues de las cortinas, otro en el quicio de la puerta, dos especialmente astutos que habían conseguido trepar hasta el tubo fluorescente... A medida que destripaba escarabajos, el buen ánimo con que había llegado a su casa se iba desmoronando, y en similar medida se le revolvía el estómago. Pero la batida sirvió al menos para localizar un buen número de posibles madrigueras: además del envés del marco de la puerta y los bajos del mueble de cocina, y de la lavadora, del lavavajillas y el frigorífico, estaban los espacios entre azulejos no cubiertos por la masilla blanca, la rejilla de ventilación, el vientre ignoto de la caldera calefactora, el respiradero del desagüe, la caja de la persiana y también los enchufes, el plafón de la lámpara... De nuevo llegó un momento en que Simón estuvo a punto de gritar, esta vez de puro terror. Temió que toda una legión de escarabajos estuviera colonizando, minuciosa e imparable, el interior de los tabiques, el suelo que pisaba, el techo que le daba cobijo… Dios mío, ¿qué había hecho él para merecer tan infausta y desproporcionada calamidad?

Por fortuna, en el momento de mayor desaliento, llamó Claudia por teléfono. Sin querer, sin poder evitarlo, Simón volcó toda su rabia sobre el aparato:

—¡¡Qué!!

—Eh… ¿Simón…?

—Ah, perdona. Eres tú.

—¿Quién esperabas que fuera?

—No, nadie. Es que estaba liado. ¿Cómo te va…?

Se habían visto hacía dos días y no dos meses como daba a entender la pregunta. Claudia lo pasó por alto; estaba tan acostumbrada a las extravagancias de su novio como a la frecuencia con que este dejaba de escucharla cuando ella le hablaba, habilidad adquirida por Simón en largas horas de servicio de cara al público. Además, era otro el reproche que quería hacerle. Procurando que sus palabras sonaran frías y acusatorias, la muchacha respondió:

—Pues muy bien.

—Me alegro.

—Gracias.

—De nada…

Transcurrieron unos segundos de silencio. Luego volvió a hablar Simón.

—¿Llamabas para decirme algo, cariño?

Claudia se contuvo sólo un instante, y luego estalló:

—Serás... ¿Que si llamo para decirte algo? ¿No serás tú quien tiene que decirme algo? Ya te vale...

Simón tuvo la sensación, en cierto modo reconfortante, de estar viviendo una pesadilla: tarde o temprano despertaría. Pero, de momento, ¿qué era lo que Claudia esperaba que dijese? A menudo le ocurría que, de todas las posibles respuestas que admitía una pregunta, a él se le presentaban primero las más estúpidas y rebuscadas. Así fue como se figuró que, por algún comentario que hizo el domingo, o porque ella tenía las llaves de su apartamento aunque rara vez las usaba, por alguna simple razón, en suma, que a él en ese momento no se le presentaba, Claudia estaba al tanto de que su novio era víctima de una invasión de escarabajos y, claro, iba a reprocharle que no le hubiera pedido ayuda. Sí, eso sería; Claudia era una mujer muy perspicaz. Y muy generosa. Y francamente bonita y adorable.

—Bueno, Claudia, tampoco es para tanto...

—No lo será para ti. Para mí siempre ha sido un día muy especial.

Simón recordó de pronto. Enero: el cumpleaños de Claudia. Dios... No llegó a verse en la necesidad de reconocer su olvido y pedir disculpas, sin embargo. Aún eran poco más de las cuatro de la tarde y podía reparar el daño. Eludirlo, incluso.

—Tranquila, mujer —improvisó...—. Pensaba ir a buscarte cuando salieras del trabajo. Había preparado un plan para celebrarlo.

—Muy bien, y por qué no fuiste.

Simón terminó de comprender. Su cumpleaños había sido el día anterior. Se supo atrapado en su mentira, se reconoció idiota y vil, y aún quiso quedar de pie:

—Es que... tuve una tarde muy mala. Malísima, ya te contaré.

—No me cuentes cuentos, Simón, jolines...

Le pareció que Claudia hablaba al borde del llanto, lo cual le hizo sentirse más seguro y más vil:

—¿Cuentos? ¿Yo, cuentos?

—Simón...

—Iba a llamarte en cuanto terminara de... en fin, dentro de un momento, y te iba a proponer que lo celebráramos hoy.

—¡Pues hoy no puedo!

—Anda, sé buena.

—Vete a la mierda.

—Vale, me voy. Pero nos vemos luego, ¿de acuerdo?

—Si ya sabía yo que te ibas a olvidar...

—Te compensaré, ya lo verás. Paso a buscarte a la tienda, ¿vale, mi amor...?

Colgado el aparato, Simón supo seguro el perdón de Claudia y cayó en la cuenta de que aún no había comido. Nada le apetecía menos que hacerlo en aquella cocina infestada y, considerando que ya había perpetrado una matanza considerable de escarabajos para un solo día, decidió arreglarse, comer fuera y pasar la tarde en la calle. De paso, buscaría el modo de *compensar* a Claudia. Su adorada, su tierna fierecilla disgustada.

El lamentable olvido le hizo sentirse generoso; con lo que la pobre Claudia, tan desprendida siempre, se preocupaba por él. Comió a la carta en un mesón de ambientación rural, demorándose en el postre y el café, resignado a un cabeceo de párpados caídos a falta de siesta y de sofá. De nuevo en la calle, entró en una joyería y escogió un regalo; luego paseó, descansó en un parque, contempló escaparates y reservó, por último, mesa en un restaurante italiano de aspecto resultón y precios razonables.

Un par de horas más tarde, los dos enamorados disfrutaban de una romántica cena con velitas en una *trattoria* del centro. Ravioli para él y lasaña para ella, y una botella de *lambrusco* que a Simón le produjo una espesa modorra pero facilitó la reconciliación. A los postres, como había visto hacer en ciertas películas que él detestaba y a ella le encantaban, Simón hurgó en el bolso de su chaqueta y sacó una cajita envuelta en papel color esmeralda, con lazo dorado y una pegatina: «Deseo que te guste». Claudia, emocionada, tomó el regalo después de limpiarse unos dedos que no había llegado a manchar durante toda la cena. Cuando abrió la caja, sus gruesecillos labios compusieron una «o» grande, adorable, perfecta, y luego suspiró:

—Simón…

Se trataba de una refulgente gargantilla cuyo valor ascendía a media nómina de Simón (si bien pudo financiarla en cómodos plazos). La joya provocó seductores brillos en los ojos ya inundados de Claudia.

—Qué cosa más bonita, Simón, te habrá costado un dineral…

—Nada que no te merezcas, mi amor. Acércate.

Y como hacían las actrices en las películas de antes, Claudia recogió su melena y le ofreció su cuello desnudo, acentuando así un escote en el que Simón vio un vórtice magnético e insoslayable, así como el color de la tela del sostén. Granate, el favorito de Simón.

Esa noche, Claudia quiso acompañar a Simón hasta su casa, ya que siempre era él quien, tras deshacer su último abrazo, debía volver a vestirse y echarse de nuevo a la calle. Pero Simón, caballeroso, se negó; y hasta se ofreció a pasar la noche con ella: hacía tanto que no dormían juntos... Además, qué mejor colofón para un día tan especial.

La última «prenda» que Claudia se quitó más tarde en su dormitorio fue la gargantilla, tras comprobar que el vino italiano mermaba de forma crítica y palpable las facultades amatorias de Simón. Pero, generosa, hizo como si no le importara lo más mínimo.

Siete

Pocas veces Simón pasaba más de veinticuatro horas sin pisar la capilla de sus devociones, su apartamento de soltero. Entre esas ocasiones se contaban algunos viajes a ciudades europeas —Viena, Florencia, Berlín...— que hizo movido por sus ideales de belleza y por expectativas que no se vieron colmadas como esperaba, pues también la belleza cansa, y cuesta, y tiene su contraparte fastidiosa y prosaica y decepcionante, y al final acaba uno preguntándose si tiene sentido tomarse tantas molestias para ver lo que se puede ver mucho mejor en los libros, o en la tele. En el último año, también se había ausentado durante una semana, la que pasó con Claudia en una turística localidad costera a la que se dirigió con expectativas mucho más modestas y razonables. Y se podían añadir a la lista los pocos días que había accedido a dormir en el piso de su novia, cuando el sueño y la pereza le impedían físicamente mantenerse fiel a sus principios, esto es, a sus rutinas.

Pero el día siguiente a la celebración del cumpleaños de Claudia, y esto sí era algo verdaderamente excepcional, Simón advirtió que en ningún momento había echado de menos su confortable morada. Más aún, aquel miércoles en que había despertado sintiendo su mejilla aplastada contra el ardiente pecho de Claudia, o al revés, y una vez cumplida su jornada laboral, Simón advirtió que algo ralentizaba sus pasos de vuelta a su apartamento; algo que, en cada esquina, le tentaba para que volviese sus pasos hacia cualquier otro lugar.

Simón se reconoció incapaz de acometer una nueva matanza de escarabajos, más debido a una suerte de desesperanza que a la náusea que le asaltaba con solo pensar en su forma abombada y picuda, en su color grismarronáceo, en el sonido de su caparazón al estrujarlo... Considerando que ganaba tiempo a una decisión que, como había hecho en los días anteriores, terminaría por tomar, Simón entró en un bar cualquiera, pidió un plato combinado, y sació allí su escaso apetito.

No podía seguir así, era verdad. Tenía un problema, ciertamente, y debía enfrentarse a él. Y cuanto más tardara en hacerlo, más grande (o, en su caso, más numeroso) se haría y más difícil le resultaría reunir el valor suficiente para arrostrarlo. Valor. Apartando el plato vacío que tenía delante, Simón esbozó media sonrisa que pretendió irónica y le salió más bien triste. La gente se reiría de él si supiera que no era capaz de hacer frente a una simple plaga de escarabajos domésticos. Estaba dramatizando. Al fin y al cabo no eran más

que eso, simples y diminutos y torpes escarabajos. Si llegaran a saberlo en el trabajo (el mero
pensamiento hizo que le recorriera por todo el
cuerpo un lento escalofrío) sería la comidilla de
sus compañeros durante semanas, o meses, objeto de miradas y risitas mal disimuladas por los
pasillos y entre las mesas. No podría soportarlo,
no le quedaría más remedio que pedir traslado de
departamento, o por lo menos de sección. Pero a
él le hubiera gustado ver a determinados compañeros, y sobre todo compañeras de mucho rímel
y mucho tacón, en sus mismas circunstancias. Seguro que no habrían sido capaces de aplastar ni
una sola de aquellas alimañas. Y él llevaría docenas, quizá cientos… Dios mío, ¿cuántos escarabajos quedarían vivos aún? ¿Miles?

Claudia, en cambio… Seguro que ella habría
ventilado el problema de forma rápida y definitiva, si bien contaba con la clara ventaja de haberse
criado en el campo, rodeada de criaturas silves-
tres. ¿Por qué no le había pedido ayuda? ¿Por qué
no lo hacía aún? Simón sabía que le supondría
un doloroso ridículo. También ella se reiría de
él, aunque no lo haría, desde luego, con la vene-
nosa saña de sus compañeros de trabajo. Pero él
se sentiría igualmente idiota, torpe, humillado.
Hasta entonces, Simón había asumido siempre
el papel de proveedor de ayuda en su relación de
pareja, al menos en las cuestiones *físicas*. Él tenía

más fuerza, más destrezas manuales y, por qué no decirlo, una inteligencia más fina y trabajada, aunque quizá también más oscura y barroca. Él portaba los bultos más pesados cuando salían de compras juntos; él manejaba el taladro cuando Claudia se decidía a colgar un nuevo cuadro, o el destornillador y los alicates a la hora de reparar pequeñas averías domésticas; él le había enseñado a programar la televisión y el vídeo, y ¿acaso no era cierto que ella aparcaba mejor su coche desde que seguía las instrucciones de Simón? No era fácil, ahora, rebajarse a pedirle ayuda a su novia por una simple cuestión de escarabajos. No era fácil y además… tampoco era necesario. Porque a ver, ¿qué habilidad tenía Claudia que no tuviera o pudiera desarrollar él? Ya estaba bien de tonterías. Se bastaría para acabar con el problema por sus propios medios, ese mismo día sin esperar más. Simón pidió una copita de coñac y un purito para subrayar su determinación, o para apuntalarla. Volvería a casa en cuanto se fumara aquel purito. Volvería y vencería, derrotaría a los escarabajos, los *aplastaría*.

Poco más tarde, conforme se iba acercando a su apartamento, Simón atribuyó precisamente al efecto combinado del alcohol y el tabaco en su cerebro, y en todo el conjunto de su organismo, la merma notable de su coraje. Su espacio, sin embargo, no fue ocupado por el miedo, la indefensión o el desaliento de que había sido presa los últimos días en su hogar. Lo que sustituyó al súbito y fugaz ardor guerrero fue una esperanza igualmente inopinada y aguda: quizá, tal y como habían llegado, tan discreta y silenciosamente, los escarabajos habrían desaparecido, se habrían acomodado en otros lugares más propicios a sus necesidades, o al menos en el piso del vecino, ¿por qué no? Desde luego, no era muy razonable esperarlo, pero tampoco hubiera sido razonable prever una plaga de escarabajos en un lugar tan civilizado y pulcro como su apartamento. No, los escarabajos serían cualquier cosa menos predecibles o razonables, y algo hacía que Simón se sintiera optimista aquella tarde; la mezcla del purito y el coñac, tal vez. Más aún, llegó a sentirse como si volviera de uno de sus viajes, cansado y deseoso de recuperar su vida sencilla y la discreta comodidad de su hogar.

Simón halló el apartamento sumido en una espesa penumbra, como si una nube cargada de humedad (de tristeza, pensó) se hubiera instalado allí durante su ausencia. Somero conocedor de la mitología clásica, Simón se dijo que aquello no era un buen augurio. Se dirigió a la cocina aferrándose a su esperanza como un náufrago a un pedazo de mástil. Muy lentamente, hizo girar la manilla de la puerta. Luego, con la punta del dedo índice, empujó la madera.

Diez minutos más tarde Simón subía a un taxi con una maleta en la que había metido ropa de urgencia y los objetos personales que consideraba básicos, pronunciaba el nombre de un hotel próximo y juraba para sus adentros que nunca, jamás, bajo ningún concepto, volvería a pisar aquel antro apestado.

Ocho

Los escarabajos no solo no se habían ido; era aún mucho peor, parecían haber aprovechado la corta ausencia de Simón para terminar de colonizar la cocina de sus plácidos y largos desayunos dominicales, en la que, esta vez, Simón no llegó a poner un solo pie. Y lo más terrible tampoco fue ver lo que él juzgó como un auténtico enjambre de escarabajos pululando por doquier. Lo que hizo que Simón cerrara de inmediato la puerta y se precipitara primero al teléfono y luego a su guardarropa, fue un insólito descubrimiento, el mazazo definitivo que recibió su tierna y voluntariosa ilusión: increíble, formidable, espantosamente, los escarabajos... ¡volaban! Simón tuvo tiempo, antes de cerrar dando un portazo, de ver cómo uno de ellos maniobraba para iniciar un picado directo hacia la punta de su nariz. Estaría delirando quien pensase que debía meterse en aquella jungla para salvar su hogar. Antes, por mucho que le supiera a renuncia, a amarga derrota, lo tenía muy claro: se iría a vivir con Claudia.

En la recepción del hotel, y a la pregunta de cuántas noches deseaba quedarse que le dirigió una joven muy seria y profesional, uniformada en blanco y azul, Simón pronunció «dos», tal vez pensando en otra cosa. Luego se dijo que dos noches estaba bien. Era un tiempo prudencial para serenarse y ver las cosas con cierta perspectiva, algo que sin duda necesitaba, según terminó por reconocer.

Claudia, por supuesto, no debía enterarse de nada, cosa que a Simón tampoco le parecía muy difícil conseguir. Si le reprochaba que no respondiera al teléfono de casa (ese fue el mayor riesgo que vislumbró) él aduciría cualquier excusa, problemas en la línea, casuales salidas a la calle, cualquier cosa que Claudia creería fácilmente.

Simón juzgó confortable y hasta acogedora la habitación que le asignaron, doble a falta de individuales (podían haberle hecho descuento, pensaría más tarde...). Le pareció, en los primeros momentos, que se le brindaba la oportunidad de regalarse unos días de cálido lujo, de despreocupación y confort, pero pronto le asaltó la sensación —quizá a la vista de las dos lamparitas de noche, los dos vasos de agua, los dos juegos de toallas...— de que allí su soledad se duplicaba, y con ella su indefensión, su desvalimiento. No estaba solo, en efecto, aunque lo pareciera, uno nunca lo está y menos en ausencia de compañía, pues la soledad es, bien lo sabemos, una llamada que concita a multitud de fantasmas. Aquella era, por lo demás, una calidez concebida para atender razones muy distintas a las que a él le habían llevado allí; un calor, en fin, del que no gozaría. La tristeza ensombrecía su ánimo, hasta ahora dominado por sentimientos más agitados e intensos. No volvió a pisar la calle en el resto del día y no pasaron cinco minutos sin que, con mayor o menor ahínco, se reprochara su cobardía frente a los escarabajos y, aún peor, su estupidez por malgastar de forma tan innecesaria su tiempo y sus ahorros.

Vació la maleta, colocó su ropa en el armario, dispuso sus pertenencias sobre la mesa, la mesita, el baño: la ilusión del nuevo hogar, de la nueva vida, que es el servicio más exquisito y sutil que ofrecen los hoteles a sus huéspedes. Fumó asomado a la ventana, leyó un poco, conoció todas las irregularidades del techo y memorizó cada matiz de la mancha de humedad que se insinuaba en una de las esquinas. Al final de la tarde, tirado en una de las dos camas, llamó por teléfono a Claudia y, en cada segundo de los pocos minutos que duró la conversación, estuvo a punto de confesar dónde se encontraba y por qué, a punto de rogarle que se reuniera con él, que le ayudara. Al mismo tiempo, le resultaba increíble que ella no hubiese llegado a sospechar nada. ¿O quizá sí sospechaba, quizá lo sabía todo y simplemente esperaba a que él se sincerase, a que no aguantase más y se lo contase todo? Claudia le daba mucha importancia a la sinceridad, a la confianza y ese tipo de cosas... Pero no, su carácter franco y sencillo no daba para maniobras tan retorcidas. Acababa de llegar a casa, le dijo, y ya se había puesto el pijama. Iba a cenar viendo su serie de televisión favorita y luego se acostaría: había tenido un día muy duro, estaba agotada.

Quedaron en verse al día siguiente o si no el viernes, y pese a que Simón procuró dar a su despedida un tono apesadumbrado que avivase el interés de Claudia, la muchacha le soltó: «Bueno, te dejo, que empieza», le envió «un besín» y colgó.

En el mismo restaurante del hotel, Simón pidió un plato sencillo y una fruta, y se entregó a la melancolía. Claudia solía ducharse al final del día y tras la ducha se ponía el pijama y se preparaba la cenaba. A Simón le gustaba verla con su ropa de trabajo, seria, muy elegante, y con cualquiera de las prendas que utilizaba para salir a la calle, tan femenina y «sofisticada» siempre, pero quizá de ninguna manera le gustaba tanto como cuando vestía, recién duchada, sus pijamas de colores, tan alegres y cómodos y *ponibles*, y tan agradables al tacto... Se preguntó cuál se habría puesto esa noche, la imaginó con uno y con otro, acomodándose en el sofá, y envidió, una vez más, ese candor, esa ingenuidad suya que le permitía tener una serie favorita, y también un color, una cuchara, un número, un lugar y hasta un día de la semana favoritos.

Antes de las diez de la noche estaba metido en la cama. No tenía ningún libro entre las manos, sus pulgares sostenían un objeto mucho más poderoso y fascinante: el mando del televisor. Nada de lo que estaba programado esa noche despertaba su interés, pero todos los canales contribuyeron un poco a desplazar su tristeza e irle introduciendo en el sueño.

Unas horas más tarde, en plena madrugada, algo despertó a Simón, que no tenía televisor en el dormitorio de su apartamento y tardó unos segundos en ubicarse ante las contundentes imágenes de la película para adultos que pasaban en aquel momento. Cuando cayó en la cuenta de dónde estaba, Simón se sintió tranquilo y a salvo. Diez minutos después apagaba el televisor y se daba la vuelta. Desahogado, volvió a quedarse dormido enseguida.

Nueve

La tristeza que el día anterior había flotado sobre el ánimo de Simón como una nube distante y pasajera se había convertido, a la mañana siguiente, en una espesa capa de pesadumbre que todo lo mezclaba y oscurecía. Podría disfrutar de su «escapada» como si de unas pequeñas vacaciones se tratase, o eso se decía a sí mismo, pero lo cierto era que se sentía cada vez más deprimido. Le costaba hasta llenar de aire el pecho. Llegó a preguntarse si, para solucionar su problema, no debería recurrir en primer lugar al médico, quizá al psicólogo, o al psiquiatra directamente... Por momentos, incluso temió ser víctima de una confabulación imaginaria (el sospechoso silencio de Claudia, determinadas miradas de sus compañeros de trabajo, una conversación entre el gerente y la recepcionista del hotel que se interrumpió en cuanto él apareció en el hall de la entrada), como imaginarios serían unos escarabajos que no volarían más que en su cabeza. Alucinación, paranoia, trastorno de la personalidad... El diagnóstico, aunque fatal, no dejaría de suponer un alivio, el de no tener que enfrentarse a más escarabajos «reales». Lo mismo ocurriría si de pronto Simón encontrase, si «viese» escarabajos fuera de su apartamento, en la oficina, por ejemplo, o en aquella habitación (y escrutó una esquina en la que pareció moverse algo…). Lejos de sufrir un colapso nervioso, se decía, comprendería que se había vuelto loco, y descansaría, de algún modo; lo haría en un mundo lleno de escarabajos, de acuerdo, escarabajos por todas partes, en sus bolsillos, en el cuello de su camisa, en el pulcro y dulcísimo cuerpo de Claudia…, pero al fin y al cabo serían escarabajos irreales, imaginarios, escarabajos de mentira, no como los que le asediaban en «el mundo real». Algo sobre un caso parecido había leído en alguna parte… La literatura, en efecto, ofrece modelos para todo tipo de insanias.

Venía en apoyo de esta posibilidad, mientras sesteaba en la habitación del hotel, recorriendo una y otra vez, con ritmo pausado y constante, los cincuenta y siete canales, el recuerdo de un episodio vivido esa misma mañana en el trabajo; concretamente, en los aseos reservados al personal: Simón se disponía a orinar cuando entraron dos de sus compañeros, uno de ellos considerado el tipo más gracioso de toda la plantilla. Se habían colocado en la fila de urinarios uno a cada lado de Simón y, sin mirarle, el ganso había dicho:

—Cuádrigas, ¿a que no sabes en qué se parece un funcionario a un escarabajo?

Lo primero que se le ocurrió a Simón fue estrangular allí mismo al humorista; lo segundo, aplicarle un tormento minucioso y genuino, con toda la delicadeza y el tiempo del mundo. Se consolaría imaginándolo, concibiendo formas de hacer justicia a los grandes chistosos del mundo. De momento, tomó aire, espiró y se fue sin oír más y sin lavarse las manos siquiera, unas manos que apretaba y blandía como mazos, como martillos pilones.

Manteniendo constante el ritmo del negro mando, que quizá pautaba también el de su pensamiento, Simón se obligó a sonreír de medio lado y trató de encontrar la respuesta del acertijo. Se le ocurrieron varias semejanzas, pero a ninguna le encontró la gracia.

Tumbado en la estrecha cama del hotel, la más próxima a la ventana, sin retirar la colcha y con los zapatos puestos, Simón miró la luz de un día que, finalmente y al contrario que su ánimo, se había despejado. Imaginó calles frías pero soleadas, gente abrigada paseando al sol del invierno, y se supo incapaz de recomponerse y saltar de la cama; terminó de aceptar que se hallaba sumido en una depresión y trató de asumir su nueva *realidad*. Repitió la palabra, «depresión», «de-presión», un vocablo triste, blando, amarronado, que al menos dotaba a su portador de la condición de víctima y de un leve aura de respetabilidad, si bien a él siempre le había parecido que las depresiones (las de los demás, por supuesto) tenían algo, si no todo, de subterfugio, de cuento y de truco para que te presten un poco de atención, o simplemente para escaquearse. Simón sabía cuál era su problema y cuál la solución. Sabía que solo tenía que dirigirse a un lugar y actuar. Ese lugar era el origen de su miedo, la razón de su cobardía y el motivo de su asco, y este pensamiento le hizo perderse en simbologías, en tropos y metáforas… La casa como trampa y atolladero; el propio hogar, elegido y acondicionado para ofrecernos refugio, seguridad, calor y belleza… convertido finalmente en nuestro particular infierno, en objeto de aversión y repugnancia y lugar del que escapar, al que no volver ni muerto… Simón presintió el llanto y, fijando la mirada en una esquina de la habitación, una esquina «vacía», consiguió liberar unas lagrimitas que le consolaron parcialmente. Luego apagó el televisor y se volvió de espalda a la ventana. Frente a él tenía ahora la otra cama, intacta, fría, y pensó en Claudia. Si ella supiera… Entre los dos sentimientos que en ese momento le producía el recuerdo de su novia, la vergüenza y el deseo de calor y caricias, de consuelo, pesó más el segundo en la formación de sus fantasías y consiguió dormirse imaginando que lo hacía sobre el regazo de su amada, rodeado por sus brazos, protegido entre sus sólidas piernas, etcétera.

Le quedaban muy pocas horas al día cuando despertó, y a Simón no le supuso demasiado esfuerzo consumirlas. La tristeza, sin embargo, terminó por convertirse en una carga que doblegaba su silueta y restaba alcance y vigor a sus movimientos y expresiones. Por suerte, solo se vio obligado a abrir la boca para pedir, en el restaurante, una tortilla francesa y un yogur. Ese día no llamó a Claudia, como tampoco supo que el teléfono de su apartamento había sonado varias veces; la última, cerca de la media noche.

Diez

Al atardecer del viernes, lo que quedaba del Simón amante de las artes y las letras, de los largos
desayunos y la comida italiana, del cuerpo amplio
y perfumado que cada sábado se le entregaba, ju-
biloso y puntual, sobre un lecho recién mudado,
era un hombre exhausto y desesperado; o mejor,
desesperanzado. Un hombre tirado en un sofá
azul, en un apartamento pequeño pero céntrico,
en una modesta y coqueta capital de provincia.
Un hombre mal afeitado y peor vestido, con la
mirada perdida en la estampa de un cielo grumo-
so y marrón, ocre, gris, sobre el que se recortaban
las siluetas de unos olmos casi negros, alineados
al pie de un camino hollado por carretas, con un
viejo caserón al fondo.

Esa mañana, arruinados sus viejos hábitos de
sueño, y de todo, Simón se levantó con tiempo
suficiente para preparar su maleta y entregarla en
la consigna del hotel. No se duchó y se puso la
misma ropa del día anterior, y con un triste café
con leche dio por cumplido su desayuno, para
encaminarse mansamente a su trabajo. Las siete
horas de la jornada laboral se le estiraron como
setecientas, aquel día. Y cuando por fin abandonó
el edificio de la Seguridad Social, se dirigió a su

apartamento con paso lento, indolente o estoico, como el buey en su último día, dejándose guiar por el matarife.

No se tomó la molestia de entrar en la cocina. No comió. No le importó que su maleta le esperase en la consigna del hotel donde había dormido las dos últimas noches. Inmóvil y contrahecho, como una marioneta tirada en un rincón, parecía aguardar sobre el sofá a que el mundo se decidiera a sentenciarlo definitivamente. Y entre tanto, contemplaba la reproducción, colgada sobre el televisor, de un óleo que en su día admiró frente a frente, dejándose llevar por la fantasía de ser quien avanzaba por aquel camino: un labrador de vuelta a su casa blanca, parcialmente oculta por la vegetación, la casa que recibe en un día —en un mundo— oscuro, casi tenebroso, el limpio y certero rayo de sol que atraviesa la gruesa capa de nubes. Era como si un dedo divino se estirase para alcanzar la rústica vivienda a la que se dirigía un campesino cansado, ignorante, agradecido, un hombre sencillo y sin miedo ni ambiciones, sin remordimientos, sin complejos, un hombre pleno y en paz. Por un momento hasta tuvo la sensación de que su fantasía cobraba vida, como aquella rama que parecía oscilar, movida por una brisa pesada y caliente… Un espasmo sacudió su cuerpo, una ola de pavor cruzó su pecho y Simón se incorporó. Hasta entonces se había sentido más o menos a salvo en los cuarenta y tres metros cuadrados de su apartamento libres de la plaga, excluidos los diez de la cocina. Entonces admitió que no había refugio posible, ni seguridad en ningún sitio. Un escarabajo había cruzado los límites y en ese momento recorría el cielo profundo y sobrecargado de Corot, en el que Simón veía un reflejo de su alma, de la propia condición humana. Y no era un escarabajo imaginario, no era ninguna fantasía, ninguna paranoia: el mundo era un lugar horrible y lo era objetivamente, sin el concurso de la enfermedad mental. Para demostrarlo, aunque hubiera bastado con aducir que él no tenía tanta imaginación, se incorporó y, acercándose hasta casi la temeridad, examinó muy atentamente a aquella criatura que había osado aventurarse por el espacio exterior. Observó detalles de su anatomía hasta entonces no vistos, como el pelillo minúsculo que recubría su caparazón, la opaca prominencia de los ojillos, el fino diseño de las antenas... Todo lo que la mirada de un ser superior desatendía. Luego, muy despacio, procedió a sobreponerle su dedo pulgar y concentró su atención en aquel instante, un presente total en el que algo se le estaba revelando, algo innombrable, algo *inmenso*. Percibió la leve aspereza del caparazón, sintió el hormigueo de las antenitas, comprobó la dureza de la coraza de quitina, oyó clarísimamente el crujido y vio después la mancha oleosa, amarillenta, del vientre vaciado sobre el falso lienzo. Y quizá estuvo a punto de romper a llorar. O quizá lo que le echó de su casa fue un rapto de aplastante repugnancia y lucidez, la famosa «náusea» existencial.

Vagó por las calles con la desolación con que lo haría el último superviviente de un mundo en ruinas. Las ruinas de su vida, desmoronada sin necesidad de catástrofes ni explosiones, víctima de la corrosión, de una carcoma lenta y silenciosa, quizá moral: la decadencia de Occidente, el fin de la Historia, ese tipo de cosas... El cielo se oscurecía despacio pero sin remedio, como su porvenir. Simón tropezó varias veces, provocó algún bocinazo y terminó por sentarse en un banco, obligado por la ausencia de fuerzas. Calculó el valor que necesitaría sumar para hacer frente a la decisión final, y barajó distintas maneras de suicidarse, todas épicas, todas tristísimas y memorables. Luego llamó a Claudia desde una cabina. La muchacha se mostró alegre y cariñosa, conforme a su disposición natural.

—Hola, guapo. ¿Dónde te metiste anoche?

—¿Cómo?

—Te estuve llamando hasta bien tarde.

—Ah... Salí a... a dar una vuelta. Me apetecía pasear.

—Bueno, ¿y qué planes tienes?

Simón hizo un esfuerzo por mostrarse jocoso, nada hay más triste que un payaso:

—¿Qué tal Groenlandia?

—Digo para esta noche, bobo.

Claudia le había dejado, la noche anterior, un mensaje en el contestador; en él le decía que había quedado con unas amigas para salir al día siguiente, una cita en plan chicas solas, una *girls party*, ya sabía, esperaba que no le importase… Simón no dio muestras de ignorar el mensaje, y tampoco consiguió hacerse una idea clara de los planes de ella. Quería verla, simplemente, lo necesitaba, y Claudia accedió a reunirse con él una hora más tarde en un bar del casco viejo. «Hasta luego, bobín», le despidió ella, y Simón respondió «Adiós, amor», rotundo y trágico, como si enunciara el título de un novelón. Luego Claudia colgó y Simón permaneció un rato oyendo el largo pitido del aparato, como si escuchara el de su propio cardiograma plano.

Deambuló describiendo círculos concéntricos en torno al bar de la cita, dudando si acudir o no. Necesitaba a Claudia, cierto, pero no quería rebajarse a mendigar su ternura y menos su consuelo; la quería, pero se resistía a depender de ella. Acudió, finalmente, aunque con veinte minutos de retraso. El bar estaba lleno de clientes y cargado también de un denso aroma de fritanga. Claudia le vio aparecer como si se presentara ante ella un espectro, un Lázaro resucitado y en plena fase de descomposición. Acompañada ya por sus amigas, tres jóvenes alegres, radiantes y dispuestas a divertirse, la muchacha sintió vergüenza, curiosidad y pena, más o menos en ese orden.

—Pero… ¿Se puede saber qué te ha pasado?

Simón respondió con la solemnidad y el dramatismo que había venido acumulando durante su paseo.

—Nada. Todo.

Lo dijo sin caer en la cuenta, en un primer momento, de que la pregunta de Claudia no aludía a las causas de su estado de ánimo sino a las de su aspecto: sin afeitar, sin peinar, la camisa mal remetida y los pantalones arrugados como si llevara días con ellos puestos, días y noches sin cambiarse, sin lavarse. En la mirada de Claudia hubo un destello de orgullo herido; no le iba a reprochar su insistencia en verla justamente el día en que a ella le apetecía salir con sus amigas, pero que encima se presentara con aquella facha… Ella, por su parte, se había preparado (vestido, peinado, maquillado) con especial cuidado ese día y formaba junto a sus amigas, compañeras de trabajo, con las que rivalizaba cordialmente en atractivos, un magnífico cuarteto que parecía salido de un anuncio de moda. Pero, atenta y hábil, había evitado que Simón llegara hasta donde estaban las otras, avanzando unos pasos al encuentro de su novio. No evitaría, sin embargo, sus comentarios curiosos y mordaces, cuando se reuniera de nuevo con ellas.

—Parece que sales de una… cueva. —La muchacha estuvo a punto de decir tumba.

—Es que salgo de mi casa.

—Pues menuda pinta. Por lo menos podías haberte peinado un poco.

—Perdona, se me olvidó.

—¿Estás bien, Simón? Pareces enfermo.

—Sí, puede que esté enfermo.

—¿Te duele algo?

—Me duele todo, cariño.

Al oír esto Claudia compuso un tierno gesto de preocupación.

—Pero mi amor, por qué no me has dicho nada…

—Bah, qué más da…

—Será gripe, seguro —Claudia llevó una mano a la frente de Simón—, está habiendo mucha gripe estos días…

—Será, sí…

—Deberías estar en la cama.

—Sí, eso debería…

—Tienes de fiebre, estás caliente.

—…

—Anda, vuelve a casa y métete en la cama, descansa. ¿Quieres que te acompañe?

Simón advirtió por fin que su deseo de acostarse y descansar, pero abrazado a ella, chocaba con los planes de diversión de la muchacha. Dolido secretamente, insistió en que ella se quedara con sus amigas.

—No, no, tú quédate. Quédate y pásalo bien. No te preocupes por mí.

—¿Seguro...?

—Sí. Tú diviértete.

—¿Quieres..., no sé, quieres tomar algo...?

—No. No quiero nada. Pasadlo bien. Ya nos veremos. Adiós.

Solo, abandonado, sin saber qué hacer ni adónde ir, Simón vagó por la ciudad dando ya rienda suelta a unas lágrimas que al fin manaban de sus ojos en abundancia, aunque sin excesos sonoros, sin congestiones ni atropellos. Al cruzar el río que a un tiempo comunicaba y separaba el centro colorido y lujoso de la ciudad y el extrarradio residencial, se detuvo y se inclinó sobre la lengua de agua oscura, que fluía con lo que a sus ojos era ciega y trágica fatalidad. Simón no quería, no iba a suicidarse. Tampoco ignoraba que ni la altura del puente ni el caudal del río eran suficientes para ello, un suicida probablemente sólo conseguiría pillar allí una buena mojadura. Pero hallaba algún alivio en la ficción, esto es, en la visión de su cuerpo cayendo sobre el frío y negro lecho, abandonado a la fuerza de la corriente, hundiéndose lentamente, su piel violácea y su rostro exangüe cuando algún paseante lo descubriera más tarde, flotando entre la maleza, formando con los juncos una estampa de fúnebre belleza… Eso, todo eso, y también lo que vendría después. ¿Qué pensaría, cómo se sentiría Claudia cuando le diesen la noticia? Cuántas veces se arrepentiría de aquel falso «¿Quieres que te acompañe?» que le dirigió en lugar del «Vámonos a casa, cariño» que él había necesitado. Ah, pero entonces ya sería demasiado tarde, y ya nunca conseguiría liberarse del peso de la culpa, nunca eludiría el dedo acusador de su egoísmo. Ese sería su eterno castigo. Simón reanudó la marcha sintiéndose un poco mejor, como si ya diera sus primeros pasos por el más allá, libre de miedos y amenazas, de necesidades y deseos. Unos pasos que, curiosamente, le estaban conduciendo hacia su apartamento, el lugar en la tierra donde se había materializado el infierno. En ese momento, los escarabajos habrían tomado ya posiciones por todo el comedor: el sofá, la lámpara, los muebles, su colección de discos… Tal vez alguno hubiera alcanzado algún rincón de su despacho, las estanterías donde iba construyendo su selecta biblioteca personal. O peor aún, quizá hubiera ya escarabajos deambulando sobre su lecho, entre su ropa… ¡Qué asco! Nunca, jamás volvería a poner un pie en aquel lugar. Dormiría en cualquier hotel, en cualquier modesta pensión de dos estrellas.

Debajo del puente —llegó a murmurar—, si hacía falta.

Pero el primer lugar donde alquilasen camas con el que se topó resultó ser un afamado burdel, no muy apartado del centro; un local que Simón había visto siempre con una mezcla de curiosidad y resignación. Cada vez que pasaba por delante, imaginaba las maravillas de su interior y asumía que nunca se adentraría en él, depositario como era de los remordimientos y complejos judeocristianos, y sabedor de que un mezquino episodio erótico-mercantil enturbiaría la dicha que sentía cada vez que Claudia le ofrecía su cuerpo esplendoroso... y gratuito. Esta vez, sin embargo, el rótulo fluorescente y multicolor del *Pink Sisters* atrajo a Simón con el magnetismo de un fenómeno sideral. Escudándose en la posibilidad de tomar una simple copa pero recordando a la vez que Claudia había preferido divertirse con sus amigas antes que acompañarle a casa, Simón se atusó el pelo, remetió las faldas de su camisa bajo el pantalón y se encaminó a la puerta azul y rosa del local.

Justo a un lado de la entrada, había un cajero automático; qué oportuno, pensó. Se detuvo y, sin importarle lo que le cobraron de comisión, extrajo de su cuenta corriente lo que a él le pareció una suma espléndida, puro derroche. Al contacto de los billetes recién timbrados, su pensamiento terminó por dislocarse. La preocupación de Claudia por su salud había sido falsa, y si no falsa, desde luego sí insuficiente. Pero además: ¿acaso no tuvo la clara impresión de que tanto ella como sus amigas habían salido esa noche ataviadas de modo especialmente seductor? ¿No habría esa noche docenas —o cientos— de hombres que las mirarían con ojos de deseo? ¿No llegaría un momento, mediada la segunda copa, la tercera acaso, en que jugarían a coquetear y dejarse seducir, en que sacarían partido a sus ostensibles y palpables encantos? ¿Y no cabía la posibilidad, maldita sea, de que a la cuarta o quinta consumición Claudia se dejara manosear por cualquier baboso oportunista de viernes noche? Está bien, murmuró Simón, tú lo has querido. Y su sombra desapareció bajo el letrero luminoso en el que, sin mucha originalidad (para qué), una rubia risueña chapoteaba en una copa de champán.

Once

Como Gary Cooper entrando en un *saloon* de Hadleyville, acaso como el mismísimo Goethe al descender de la barca de Caronte y poner un pie en los Campos Elíseos, así pudo sentirse Simón al desplazar la también clásica —o vieja— cortina aterciopelada que colgaba al fondo de un recibidor de falso lujo, iluminado en exceso y recargado de adornos, de espejos y cuadros eróticos a cual más horrible, con su *chaise longue* de hipermercado, su paragüero de latón dorado, su dálmata de escayola... Dio un paso hacia el interior, solo uno, e inspeccionó el panorama. Sonaba una música dulce y tontorrona, y desde diferentes puntos de la estancia, penumbrosa y oblonga, se esparcían haces de luz caliente, anaranjada o roja. Una plataforma circular con la clásica barra metálica del techo al suelo, una escultura que, con un poco de cultura y mucha generosidad, podía representar a una Diana herida y extasiada, y más cuadros del mismo tipo y condición que los del recibidor, denotaban el tipo de local en el que se había metido Simón.

Dado lo temprano de la noche, aún había pocos clientes y la mayor parte de las chicas conversaban entre ellas, repartidas por los sofás que rodeaban la plataforma. Simón hizo un cálculo rápido según el cual tocaban a más de dos chicas por barba, aunque enseguida se dio cuenta de que el cálculo era innecesario, además de muy estúpido. Reanudó el paso cuando advirtió que una muchachita pálida, de ojos estirados y boca muy roja, le sonreía y reorientaba la posición de sus piernas sobre el sofá donde permanecía atenta y ociosa. Simón le correspondió con lo que no llegó a ser más que un espasmo de los labios e inmediatamente avanzó hasta la barra como llevado por apremiantes ocupaciones. Del otro lado le esperaba ya un camarero trajeado y cejijunto, ante cuya severa expresión Simón eludió el saludo y ordenó directamente: bourbon, doble y seco, cualquier marca.

Pronto Simón se supo perdido, pues antes que la copa llegó a su lado la muchachita de la piel nevada y, antes de que tuviera tiempo de dar el primer sorbo, la mano izquierda de la joven había ido a caer como una pluma sobre la derecha de Simón. Sin que él llegara a considerarlo paradójico, durante los tres minutos que tardó en dar cuenta de su bebida, Simón creyó revivir emociones olvidadas, inéditas desde los veranos de su adolescencia... Aquellos largos veranos de verbenas y tascas en la plaza del pueblo de sus abuelos, de practicar el excitante juego del chico que tantea y la chica que se hace de rogar, cuando un roce, una simple mirada, bastaba para desatar un deseo intenso hasta el dolor, pasiones tan ardientes como efímeras, y donde al amanecer y contra algún muro, gracias a la fortuna y al roncola trasegado durante la noche, había vivido su primer encuentro más o menos íntimo con una chica. Lejanas pero aún agudas y entrañables emociones que se desvanecieron tras acceder a la propuesta de la muchacha de la boca muy roja, sin siquiera someterla a dudas o regateos, en cuanto le fue requerida a Simón la suma que le daría derecho a acceder a una de las habitaciones de la planta superior.

Todo lo demás sucedió con la misma voraz premura, para el habitual ritmo lento de Simón, que esa noche no llegó a consumar afán biológico alguno (supuesto que hubiera llegado a albergarlo) pero supo agradecer con una espléndida propina la diversidad de maneras con que la muchacha se aplicó en el empeño. Mucho tiempo después, barridos ya por el olvido todos los elementos sórdidos de la escena, aún sentiría una íntima turbación al recordar el acento eslavo con que la muchacha le había susurrado, pegando los labios a su oreja, frases sencillas y picantes que siempre tropezaban en las conjugaciones verbales; o el modo en que descubrió su cuerpo menudo y agobiado de broches y lazos; el pecho rubio y sucinto en el que Simón hundió su rostro como si lo hiciera en el perdido regazo materno, y más tarde los comentarios del todo extemporáneos (algo sobre una casita en el campo), las abluciones rutinarias, las indicaciones prácticas y apremiantes, la destreza súbita con que le enfundó el profiláctico...

No recordaría, en cambio —cortesía de la memoria—, las finas arrugas que le atribuían algunos años más de los que dijo tener, ni sus disimulados gestos de cansancio o fastidio, ni cierta historia que le contó sobre un tío o un primo enfermo... Y supo —o al menos creyó— que se llamaba Natascha y había nacido en una pequeña aldea próxima a Moscú, que era o había sido o quería ser maestra, y aunque a Simón le pareció, en un primer momento, una falta de sentido de la oportunidad, y hasta de cortesía, comenzó a declamar lo que parecían versos muy sentidos y armoniosos, acaso una antigua romanza rusa, o tal vez una oración, una plegaria por ella y por él, por todos los hombres que se hundían, a tra vés de ella, en el pecado... Graves y acompasados sonidos que, en aquella lengua desconocida para Simón, adquirían un peso trágico y un sentido a la vez enigmático y revelador. Así, mientras cabalgaba en profundo y acompasado trote sobre su cliente, la mujer declamaba y era como si le estuviera revelando su destino, como si se pronunciara la pitia en el trance oracular... Aquella noche

Simón fue alumno y creyente: atento y dócil, devoto e ignorante. Un poco torpe, un poco fiel...

Agotada la media hora que había pagado, Simón llegó a conmoverse ante el pucherito de disgusto que ella compuso, visto lo infructuoso de sus esfuerzos. Pero él, caballeroso, no quiso que se sintiera culpable, y adució razones superiores y ajenas (el alcohol, el cansancio, el estrés) que sin duda la muchacha ya habría oído antes poniendo la misma encantadora carita de pena.

De nuevo a las puertas del salón, Simón recibió un tierno beso de despedida, escuchó tres palabras («vuelve pronto, guapo») a las que no acertó a responder, y vio cómo la joven se alejaba en dirección a otro cliente solitario.

En la calle, tibia y húmeda tras el paso del camión-regadera que limpiaba el asfalto, tuvo la sensación de que todo había sucedido en un segundo de descuido, tan impredecible e inevitable como los sueños, como los despertares; también le sorprendió la facilidad con que había sorteado unas barreras morales que creía infranqueables: no encontró en su pecho, de momento, sombra alguna de remordimiento o culpabilidad. Más aún, le colmaba una ancha satisfacción que abarcaba todos sus sentidos y pensamientos, incluida una suerte de nuevo hermanamiento con respecto a Claudia, tras haber dado un paso por el que sin duda ella le aborrecería, pero que secretamente, juzgaba Simón, le igualaba a ella. ¿Por qué? No se paró a pensarlo, no sintió la necesidad de procurarse más explicaciones.

Lo que más le llamó la atención fue que, en todo el tiempo que pasó en el antro, no habían pasado por su cabeza los motivos últimos que le habían conducido a aquel lugar, las numerosas y diminutas razones con forma de pepita de uva que, por un momento, mientras caminaba hacia su casa, le parecieron cosa de otro tiempo, cosa anecdótica y risible, cosa zanjada.

Pero él no era ningún ingenuo… Sabía, pese a todo, pese a cualquier licencia moral que su desgracia justificara, que el problema seguía estando en el mismo sitio, y que seguía reproduciéndose y colonizando nuevos territorios, como cualquier otra especie, sin ir más lejos la humana.

A dos calles de su portal, Simón hizo el cálculo de lo que le costaría pasar la noche entera en los brazos de Natascha, la dulce maestrilla rusa. Dado lo elevadísimo de la cifra, Simón barajó otras alternativas, entre las cuales apareció nuevamente la del hotel o pensión, pero también la de pasar la noche de bar en bar, hasta el alba, e incluso la de buscar a Claudia hasta dar con ella y suplicarle su compañía; o mejor aún… hacer uso de las llaves del piso de ella que él guardaba y esperarla metido en su cama: ¿volvería sola o acompañada? ¿Qué cara pondría al encender la luz en uno u otro caso? Simón sabía que solo estaba fantaseando. Nunca se atrevería a hacer algo así, por más que le tentase resolver la incógnita.

Mientras cavilaba, su cuerpo cansado fue tomando decisiones sabias y autónomas, paso a paso, hasta situarle frente al portal del edificio donde vivía. Luego se vio introduciendo lentamente pero sin remedio la llave en la cerradura, y pasando frente a los buzones, frente al amplio espejo, frente a la puerta que conducía a los trasteros... Simón se detuvo de repente, con mirada de lunático. ¡El trastero! ¿Cómo no se le había ocurrido antes? ¿Acaso no guardaba allí, entre cajas y maletas, un par de viejas mantas? ¿Cómo hasta entonces no había sido capaz de concebir la solución más a mano y, desde luego, la más barata? Simón se permitió una generosa sonrisa: se acabaron las tribulaciones, dormiría en el trastero. E ignorando la humedad que reinaba en el cuartito, despejó el espacio necesario y desplegó una fina esterilla de playa que haría las funciones de somier y colchón. Utilizó una manta como almohada y se envolvió con la otra. Luego encendió un cigarrillo y, tras soltar la primera bocanada de humo, tranquilo, orgulloso de sí mismo, Simón murmuró: «¡Escarabajos...!».

Apenas una hora después, Simón despertaba aturdido, entumecido y frío; además de la cabeza, le dolía la espalda y tenía agarrotados el cuello y los hombros, pero más que nada, se sentía doblemente muerto de cansancio: muerto y muy tonto, muerto y sucio y arrastrado, muerto y ridículo, muerto y bien muerto, rematado muchas veces. Y así, como el muerto que se alza del sepulcro y retorna al mundo de los vivos, Simón se incorporó esforzadamente y salió del trastero. Y a los pocos minutos se había despojado de toda su ropa, infecto y maloliente sudario, y tomaba posesión de su amplia y confortable cama, dispuesto a dormir doce horas seguidas aunque tuviera que hacerlo rodeado de serpientes. Algo le hacía intuir, además, que al día siguiente la solución a su problema le estaría esperando, diáfana y sencilla, sonriente, con un rostro por cierto muy parecido al de su querida, su deseada, su siempre amada y fiel Claudia.

Doce

Un pájaro cantaba en un lugar muy próximo que
Simón no pudo reconocer. Era un canto melo-
dioso aunque repetitivo y un tanto estridente,
como el del jilguero que tenía su abuelo cuando él
era niño. En el sueño insólito de Simón se deslizó
la imagen de un anciano que silbaba y movía los
dedos frente a una pequeña jaula, en cuyo interior
se columpiaba una Natascha diminuta y sonriente, vestida con un pijama infantil, blanco, rojo y
amarillo. La muchacha cantaba agradeciendo las
atenciones del anciano, con esa expresión de gozo
y plenitud que comparten el arrobo místico y el
éxtasis sensual. Simón advirtió, gracias a un lapso
de lucidez, que la imagen procedía de su memoria
y comprendió que soñaba, que ya despertaba; al
mismo tiempo, fue consciente de que el sueño,
de natural entrometido y cobarde (Simón odiaba
profundamente los sueños), aprovechando su descuido, había alterado su recuerdo, perturbándolo
quizá para siempre, viciando y contaminando lo
que fue puro y limpio, un recuerdo de la niñez,
algo sencillo y sagrado. El canto, no obstante,
persistía, y parecía venir de la terraza a lomos de
un torrente de luz. Comprendió que no había
bajado la persiana ni corrido las cortinas cuando

se acostó. Antes de abrir los ojos, se entregó por unos instantes al deseo de imposibles: que tuviera ocho años y un día sin colegio por delante, que su abuelo estuviera desayunando en la cocina su inalterable cazuela de sopas, que esa cocina fuese la del piso donde se crió. Abrió los ojos para certificar la ingrata y terca realidad y entonces deseó que no hubiera ni un solo escarabajo en su casa, que no lo hubiera habido nunca, ni escarabajos ni natachas, ni solitarias habitaciones de hotel ni lentos y oscuros ríos en la noche, y que todo hubiera sido eso, solo eso, un *sueño*, una latosa pesadilla que ya tocaba a su término.

El canto del pájaro se redujo a notas más delgadas y entrecortadas. Lento, lastrado por el dolor de cabeza, Simón se incorporó y lo vio, posado en la barandilla de la terraza, al otro lado de la ventana. Sus ojos inexpresivos, vacíos y negros como el final que nos espera, parecían mirar al interior de la habitación, quizá al interior del propio Simón. Era una hermosa criatura, con su cabecita roja y sus plumas blancas y amarillas. Simón sonrió y en ese momento el jilguero dio un saltito y se dejó caer.

Eran casi las tres de la tarde y su resaca no tan terrible, al fin y al cabo, como cabía esperar. Tenía hambre, y en condiciones normales se hubiera dirigido a la cocina para tomar un bocado, una fruta por ejemplo, antes de meterse en la ducha.

Ese día no hizo ni una cosa ni otra, reacio en el fondo a aceptar que su deseo se hubiera cumplido sin su propia intervención. En su cabeza oscilaban, como en una balanza (una balanza sostenida por la ciega justicia) dos imágenes, dos platillos: uno vacío y reluciente, el otro lleno a rebosar de escarabajos.

Tampoco se afeitó y, tras comprobar que no había escarabajos entre los pliegues, se puso la misma ropa que había llevado las noches y los días anteriores: qué sentido tenía asearse en una casa apestada. Recogió sus llaves y su cartera y salió al mundo libre. No se tomó la molestia de entrar en la cocina, de entreabrir la puerta al menos: sabía que los dos platillos de la balanza estaban llenos por igual de aquellas repugnantes criaturas.

En la misma cafetería de otros días, pidió algo de comer, indiferente a las miradas de curiosidad que provocó su ruinoso aspecto. Y antes de sentarse a una mesa, con movimientos que traslucían una clara y tajante resolución, llamó por teléfono a Claudia. La muchacha no tardó en descolgar el aparato. Aunque parecía estar masticando algo, Simón vio luz en el timbre de su voz.

—¿Ya estás mejor, cariño?

—Escarabajos, Claudia.

—¿Qué?

—Cientos, miles.

—¿Eh…?

—Todos los escarabajos del mundo.

—Simón, ¿me estás vacilando?

—Marrones, muy pequeños, como pepitas de uva…

—¿Escarabajos?

—¡Escarabajos, sí!

—Vale, vale, ya te he oído.

—Hay una plaga de escarabajos en mi casa.

—Ya será menos…

Simón se ahorró el esfuerzo que le hubiera supuesto soltar una carcajada sarcástica.

—¿Menos? ¿¿Menos?? —Se dio cuenta de que estaba levantando demasiado la voz y siguió hablando más bajo—: Es un caos, Claudia, tengo la casa infestada, toda mi vida se ha puesto patas arriba… —Lamentó, demasiado tarde, la metáfora elegida.

—Cariño, ¿no estarás dramatizando un poquitín?

—Claro. Dramatizando. Si hubiera tenido una pistola ya me habría pegado un tiro. ¡Un drama perfecto!

—Simón, jolines. Limpia y se acabó.

—¿Que limpie? ¡Claro que limpio! ¡Soy un hombre *limpio*!

—Pues tendrás que fumigar…

—¡Ya lo he hecho! ¡Son inmunes!

—No seas crío, Simón…

—Está bien. ¿Vas a ayudarme o no?

—Pues claro, bobín. Claro que voy a ayudarte, si tú quieres.

—Sí, quiero.

Claudia se sintió impresionada, más por la fórmula de la respuesta que por la contundencia con que Simón la había pronunciado.

—Bueno, en una hora estoy ahí.

—¿Una hora? Si sólo tardas diez minutos en llegar.

—Cariño, acabo de ponerme a comer.

—Está bien. Ven cuando quieras.

—Hasta luego, tontaina.

—Te espero en la cafetería de la esquina.

—¿No te queda café? —preguntó Claudia, irónica.

—No me queda otro sitio donde tomarlo —respondió Simón, sincero y triste.

Y trece

Los escarabajos desaparecieron de la vida de Simón. Aquellos escarabajos, al menos. Y el hecho
de que fuera Claudia quien diese con su origen y
los aniquilase en su mayor parte, no impidió que
Simón se atribuyera la «responsabilidad intelectual» de aquella intervención drástica y definitiva.

Claudia se burló a placer de su novio tras enterarse de que la supuesta plaga había estado a
punto de sumirle en la depresión que traslucía su
lamentable aspecto, y eso que no llegó a conocer
los episodios críticos de aquella difícil semana.
La joven entró sonriendo en la cafetería donde él
la esperaba, harto de la vida y de pasar a un lado
y a otro las páginas de un periódico atrasado, y
no paró de reírse mientras Simón le contaba, sin
entrar en detalles, su problema.

—Seguro que son los escarabajos de la alubia
—dijo, aún risueña, tras pedir disculpas a Simón,
que ya empezaba a sentirse ofendido por la frívo-
la actitud de su novia.

Al oír el dictamen, él puso cara de incom-
prensión. Claudia continuó:

—¿Congelaste las alubias que te dio mi madre? Te dije que las congelaras.

Simón terminó de entender. Varias semanas

atrás habían pasado un domingo en el pueblo de Claudia, y su madre, que tras las iniciales reservas por la diferencia de edad había terminado considerando a Simón como buen partido para su hija, le había regalado una bolsa de alubias pintas de la cosecha doméstica; un obsequio que Simón había aceptado y agradecido aunque se trataba de una legumbre que no le agradaba demasiado. Y cierto era que Claudia le había recomendado que las metiera en el congelador durante un par de días, una precaución oportuna para evitar que acabaran criando parásitos como aquellos pequeños escarabajos, los «de la alubia». Pero Simón había olvidado el consejo —tal vez ni siquiera llegó a escucharlo— y guardó directamente la bolsa en uno de los estantes superiores del mueble de su cocina.

—Maldita sea, Claudia, ya sabes que no me gustan las alubias —dijo Simón, reforzado en su condición de víctima.

—Anda, vamos a ver esos monstruos, campeón...

En la puerta de su apartamento, Simón le cedió el paso a su novia y la vio dirigirse a la cocina con la temeridad con que un domador entraría en la jaula de las fieras. Resguardado tras ella, Simón no distinguió en un primer momento ningún escarabajo, cuando lo que esperaba era que se les echara encima todo un regimiento de coleópteros voladores. De nuevo temió haber sufrido una de

esas alucinaciones que dan tanto juego en las co-
medias cinematográficas, cuando un inadvertido
desliz, un pequeño mal paso, nos desvía del camino previsto e inscribe todo el curso posterior
de nuestra vida en el absurdo, en la comedia, para
regocijo del hipócrita espectador, nuestro semejante y hermano... Ahora, no obstante, además de
aceptar que se había vuelto loco, tendría que sufrir un nuevo ridículo, al tener que dar a Claudia
explicaciones por una plaga que sólo existía en su
imaginación, en su alma de ciudadano *ejemplar*.
Estaba en el umbral de la puerta, viendo a Claudia en medio de la cocina y a punto de iniciar un
intento de justificación, cuando ella dijo:

—Lo que te dije, escarabajos de las alubias. Si
me hubieras hecho caso...

Simón suspiró.

—...aunque a esto yo no lo llamaría precisamente una plaga.

—Lo es, te lo aseguro —se hizo fuerte Simón—. Como las de Egipto.

Claudia le miró y sonrió con paciencia, con
ternura.

—A ver, dónde pusiste las alubias.

Simón apuntó al estante más alto y retrocedió medio paso al ver que Claudia, sirviéndose de
una banqueta, se disponía a examinarlo.

—Puaj, tienes esto infestado.

—Te lo dije, ¿no te lo dije? Te lo dije.

—Vale, vale. Acércame una bayeta, anda.

—Preferiría no hacerlo —contestó Simón adoptando la gravedad requerida por las palabras que acababa de pronunciar.

—Anda, lárgate. Esto lo liquido yo en veinte minutos. O menos.

Precavido, Simón le dio algo más de tiempo. Paseó, tomó dos cafés, ojeó de nuevo la prensa de principio a fin y de fin a principio. Fumó media docena de cigarrillos con el nerviosismo de quien aguarda en un pasillo el final de una delicada operación, con todas sus esperanzas puestas en la pericia del cirujano. Tendría éxito, estaba seguro de que iba a tener éxito. Simón, de hecho, ya hacía planes para celebrar su retorno a la normalidad; a la vida sencilla, higiénica y tranquila.

Cuando regresó al apartamento vio una bolsa de basura en la entrada. No se fijó mucho, pero creyó percibir múltiples puntitos oscuros transparentados por el plástico, que también dejaba ver paquetes de pasta, arroz y legumbres de primera calidad, todo contaminado, sin duda.

Entró en el apartamento y saludó, sin obtener respuesta. La cocina y el salón estaban en penumbra, y llegaba del baño un suave chapoteo. Antes de ir en busca de Claudia, encendió luces y comprobó el estado de la cocina: los estantes afectados, vacíos; ni una sola mancha sospechosa; y, en general, el brillo pulcro y seductor de las co-

sas recién estrenadas. Simón abrió puertas y cajones y advirtió que Claudia había aprovechado
la ocasión para hacer una limpieza a fondo de
toda la cocina. Tendría que encontrar la manera
de agradecérselo…

—¿Simón? —de pronto le llegó la voz canta-
rina de su amada—. Estoy en el baño. Anda que
no tenías mierda acumulada…

Nuestro héroe desplegó una sonrisa de satisfacción. Lo había conseguido. La vida le había some-
tido a una dura prueba, pero él la había superado.
Supo que en ese momento reanudaba su existencia como hombre libre, dueño de su vida y de sí
mismo. Libre de amenazas y miedos, de remordimientos… Vio la imagen de Natascha; la esforza-
da, la dulce y fervorosa maestra rusa. Recordó su
sonrisa y las últimas palabras que le había dirigido.
Pero todo a su debido tiempo. Ahora, tras el triun-
fo, debía recoger su premio, húmedo y fragante y
hermoso. Se encaminó hacia el baño donde le esperaba su amada, anunciada por el risueño sonido
del agua y por el vapor cálido y perfumado que
se expandía por el apartamento. Como una ninfa,
pensó, Simón, como la sirena que emerge entre las
olas y saluda al marinero. Y mientras avanzaba por
el pasillo, agotado y risueño, maltrecho por el com-
bate pero victorioso, erguido y solemne y con toda
la parsimonia que requería la ocasión, comenzó a
desnudarse.

Nos consuela y nos divierte pensar que el tiempo adopta formas reacias a la línea recta y al «progreso» hacia lo que creemos que está delante y contra lo que se supone que queda atrás. Los calendarios, lo que le ocurre a nuestros cuerpos, el devenir de una pérdida tras otra, hacen quizá inevitable esa «creencia», pero también podemos creer que el tiempo avanza, retrocede y/o se detiene, de otros modos, según otros ritmos que desconocemos gozosamente. Con estas salvedades, y en letra muy pequeña, apuntamos que la redacción de *Victoria* data de un tiempo anterior, al menos, a 2011. Un tiempo que parece haberse mantenido en suspenso, vibrante como el colibrí ante la flor roja, bella y ciega de un presente que quizá sea también otra ficción, otro supuesto o mero punto de apoyo entre una pérdida y la anterior o la siguiente, dice el autor...